KB145624

수채화로 물들인 사랑

김이진 시집

시음사
시사랑음악사랑

달리면서 시를 짓는 김이진 시인

논리적 정합성을 가진 통일된 판단을 한다는 것은 사람이기에 어려운 일이다. 하물며 시를 엮으면서 안정성을 추구한다는 것은 참으로 어려운 일이다. 시는 불안정한 요소를 지니고 있기 때문이다. 〈시는 아름답기만 해서는 모자란다. 사람의 마음을 뒤흔들 필요가 있고, 듣는 이의 영혼을 뜻대로 이끌어 나가야 한다.〉"호라티우스/시론 詩論"중에서 서술했듯이 군더더기 없고 깨끗하다는 느낌을 주는 시를 만난다는 것은 행운이다.

김이진 시인의 시를 정독하고 나서 얻은 결론이다. 그러기에 김이진 시인의 작품세계는 간결하면서 여운을 주는 시 그러면서도 규칙적인 리듬을 타고 있다. 또한, 김이진 시인은 작품 대부분이 서정성에 바탕을 두고 시작(詩作)을 하는 것을 볼 수가 있다. 이는 시의 본령이 서정시에 있기 때문일 것이다. 10년 이상 오랜 기간 습작을 통해 얻은 결과물을 "수채화로 물들인 사랑"이란 제호를 달고 독자 앞에 선보이려 한다. 이제 시인은 자신의 작품을 독자의 품으로 돌려보내 그 성장 과정을 지켜봐야만 한다. 늘 달리는 시인이 수채화로 그린 사랑을 엿보는 재미가 쏠쏠하다. 간결하지만 카오스적인 사상으로 빅뱅의 세상에서 짓는 듯 한 작품집을 소개할 수 있어 기쁜 마음으로 추천한다.

사단법인 창작문학예술인협의회 이사장 김락호

시인의 말

가슴 속 서랍에
고이접어 담아두었던
수많은 언어들의 속삭임

그리움, 사랑, 행복, 슬픔의 눈물까지도
감사의 기도로 포옹하며 살아왔던 나날들
그 추억들을 꽃비가 춤추는 오늘 하나, 둘 꺼내어 본다.

또 다른 수채화를 그리고 싶음일까
이제 세상 속으로 여행을 떠나보내고 싶음이다.

그동안 앞만 보고 달려온 삶이란 테마 속에
또 하나의 친구 나의 첫 시집 『수채화로 물들인 사랑』을 만남에
이 글을 쓰는 필자는 첫사랑의 설렘처럼 떨림으로 다가온다.

꽃비의 몸짓
향기바람의 유혹
초록 물방울의 떨림
또 다른 언어들의 속삭임이
독자들의 가슴에 아름다운 꽃으로 피어나길 바라며

나의 사랑하는 가족
아내 조순자, 아들 동호, 딸 은혜에게
나의 첫 시집 『수채화로 물들인 사랑』으로 감사한 마음을 전한다.

시인 김이진

제1부 연초록 그대의 숨결

제2부 우리 사랑 먹을까요

제3부 붉은 입술의 유혹

제4부 추억은 그리움 같은 것

제1부 연초록 그대의 숨결

QR 코드 스마트폰으로 QR 코드를 스캔하면
시낭송을 감상할 수 있습니다.

제목 : 당신을 만남은
시낭송 : 박영애

제목 : 산사의 아침
시낭송 : 박영애

살아 있음에

잠에서
막 깨어난
아침 햇살
거친 숨결을 토해낸다

투박한
머그잔에
갈색 그리움
풀어 놓는다

온몸으로
전해지는 떨림
뜨거운 숨결
짜릿한 전율

내
몸뚱아리는
꿈틀거리고 있다.

연초록 그대의 숨결

잠자던
내 세포조직들이
꿈틀거리고 있다

겨우내
꽁꽁 동여맨
가슴을 풀어헤친다

그리고
당신을
내 가슴 속에
꽁꽁 묶어버린다

그대의
숨결이다

그대의
속삭임이다

연초록
그대가
내 품속에 들어왔다.

말하지 그랬어

그리우면
그립다
말하지 그랬어

보고프면
보고 싶다
말하지 그랬어

저 멀리
아침을 깨우는
기차의 기적 소리만이
내 마음을 알고 있겠지.

첫사랑의 느낌처럼

눈이 부시도록
싱그러운 아침

앙상한
나뭇가지 위에
햇살 하나 걸려있다

저 들판 설원 위에
첫사랑의 느낌처럼
설렘의 가슴으로
첫 발자국을 남긴다

내
뜨거운 가슴
용광로처럼
활활 타오르고 있다.

한 줌 바람이었네

영하의 아침
따사로운 햇살 한 줌
가슴에 품고 싶음이네

연한 블랙커피
입안에 감도는 그 향긋함
감미로운 음악에 취하고 싶음이네

어디선가
날 부르는 소리
누구일까 뒤돌아보니
지나가는 한 줌 바람이었네.

작은 들꽃

발
아래
꽃이 밟혔네

그
꽃은

날
보
고

방긋 웃고 있네

당신을 만남은

이 세상
수많은 사람 중에
아침 햇살처럼 따사로운
아름다운 당신을 만남은
하늘이 주신 축복이며 귀한 선물입니다

이 세상
수많은 사람 중에
당신을 사랑할 수 있게 해줘서
눈물이 나도록 고맙고 행복합니다

이 세상
수많은 사람 중에
당신에게 선택받을 수 있어서
이 추운 겨울날에도 가슴이 따뜻합니다

이 세상
수많은 사람 중에
당신을 만나 사랑이라는 이름으로
당신의 심장 소리를 들을 수 있음에
오늘도 난 휘파람 불며 행복으로 달려갑니다.

 제목 : 당신을 만남은
시낭송 : 박영애
스마트폰으로 QR 코드를 스캔하면
시낭송을 감상할 수 있습니다.

유혹

봄바람은
여자만 유혹하는 줄 알았다

세월의 깊이만큼이나
찌그러진 양동이는 왈츠를 춘다

첫사랑의
설렘처럼 다가온
상큼한 향기바람
진한 커피향이 그리운 날이다

기나긴 겨울
꽁꽁 동여맨 가슴을 풀어헤친다
수채화 물감 냄새에 가슴은 일렁이고 있다.

그리움3

그녀가
술잔에 빠졌다

그녀를 구하러
술잔에 들어간 남자는
아직도 나오지 않았다.

봄을 기다리는 여인에게

누구를
기다림일까?

그녀의 엷은 미소
살포시 눈 맞춤하는
사랑스런 프리지어의 떨림

차 한 잔의
여유로움에 젖어
발걸음은 창가로 옮겨가겠지

아침 이슬 머금은
맑은 눈동자를 보았지

상큼함이 묻어나는
그녀의 치맛자락은
내 가슴을 흔들어 대겠지

수채화 물감 냄새
그리움의 물방울
실바람은 살포시 다가와
그녀의 품에서 달콤한 꿈을 꾸겠지.

그대의 숨결

공원 구석에 자리한
텅 빈 의자 하나
멍하니 하늘만 쳐다본다

누구를
기다림일까

살포시 다가가
촉촉하게 젖은
마음 하나 꺼내 놓는다

감성을 먹고사는
그대가 보고 싶음일까

풋풋한 그대의
숨결을 느끼고 싶음이다.

꽃비의 유혹

마음껏
흔들려 보자

마음껏
취하여 보자

마음껏
설레어 보자

마음껏
사랑해 보자

마음껏
춤추어 보자

꽃
비
의

유혹에…….

꽃비를 찾아서

꽃비의
유혹에
향기바람
춤을 추었지

날마다
수채화
물감 냄새에
비틀거렸지

그대의
뜨거운 숨결

물감을
풀어놓은 양동이에
가슴도 풀어 놓았지

붉은 입술의 유혹
난 또다시 비틀거렸지
꽃비를 찾아서…….

사랑이네

1.
그리움 빗물 되어
가슴을 노크하네

꽃비의 앙증맞음
눈물은 사랑이네

그녀는 행복비타민
향기바람 춤춘다.

2.
지난밤 그녀에게
내 꿈 꿔 말 했었지

빗소리 친구삼아
사랑을 노래했지

바람 속 꽃비의 숨결
보고 싶다 그녀가……

산사의 아침

밤새 산에서
잠자던 영혼들
아침을 찾아 내려왔다

가슴을
싸하게 적시는
산사의 아침에
잠시 나를 내려놓는다

그리움을 토해낸다
숲 속 작은 옹달샘
엉덩이를 치켜들고 목젖을 적신다

가슴으로 전해지는 상큼함
꿀물보다 더 달콤함이
입 안 가득 초록향기로 가득하다

아침 햇살 따라
또 다른 영혼들
하나, 둘 잠에서 깨어난다.

제목 : 산사의 아침
시낭송 : 박영애
스마트폰으로 QR 코드를 스캔하면
시낭송을 감상할 수 있습니다.

향기바람 불면

향기바람 불면
아름다운 언어들의 속삭임
한 줌 꽃비가 되어 내리겠지

향기바람 불면
진한 그리움은
달콤한 단비가 되어
우리들의 뜨거운 가슴
촉촉하게 적시어주겠지

향기바람 불면
기쁨으로
사랑으로
행복으로
감사함으로
축복해주겠지

오늘도
상큼한 향기바람
아름다운 꽃비와 함께
신바람 나게 왈츠를 추겠지.

주말 아침

누군가
내 가슴을 노크한다

그녀는
연초록 향기였다

누군가
내 가슴속으로 파고든다

그녀는
상큼 발랄
향기바람이었다

누군가
내 이불 속으로 들어왔다

그녀는
해맑은
아침 햇살이었다.

하얀 목련

한 겹 한 겹
가식을 벗어 버리란다
그리고 하얀 속살을 드러내란다

아침 햇살에
뽀얀 솜털은
하늘을 향해 손짓한다

여인의
젖가슴이
꿈틀거린다

비릿한
젖 내음이
내 가슴을 뜨겁게 한다

난
연한 블랙커피
잔 속으로 빠져든다.

고운 햇살만큼

고운 햇살만큼
행복했으면 좋겠습니다

행복한 만큼
사랑 가득했으면 좋겠습니다

사랑한 만큼
향기로 말하면 좋겠습니다

향기만큼
우리 사랑 오래도록
함께이면 좋겠습니다

우리 사랑 만큼
아름다운 꿈을 마시며
아름다운 사랑을 노래하며
아름다운 행복을 그리면 좋겠습니다.

봄바람

시인의
가슴에도
봄바람 파고드니

울렁증
멀미인가
가슴은 콩닥콩닥

그 옛날
문학소녀의
붉은 입술 그립다.

외출

겨울 내내
꽁꽁 동여맨
여인의 젖가슴이
바람결에 꿈틀거린다

세상
속으로의 외출

바람은
아무 말 없이
여인의 뜨거운
가슴 속으로
자꾸만 파고든다.

내 삶에

버리란다
담으란다

사람이
살아감에
어찌 좋은 것만
보듬고 담을 수 있겠는가

모두가
내 삶에
한 부분인 것을…….

인생

지나간
어제도

다가올
내일도

오늘이
있기에
존재한다네

인생은
꿈이라네

인생은
공(空)이라네.

파도

하얀
포말들의 숨결
그리움의 알갱이들

가슴 속으로
파고드는 바람의 몸짓

내
입술은
떨림이었다

난
아무 말 없이
파도 속으로 빠져든다

그리고
깊은 사랑에 빠져
또 하나의 수채화를 그린다.

파도2

뜨거운 숨결은
하얀 포말이 되어
하늘을 향해 손짓한다

그 알갱이들
하나하나 주워서
내 가슴속에 품는다

상큼한
바닷바람에
사랑이 아름답게
물들어가길 바라며

또 하나의
추억을 그리기 위해
수채화 물감에 내 마음을 적신다.

행복 그리기

퇴근 후 아내의 문자다
오늘도 저녁 밥상 부탁드려요

늘 아내보다
먼저 퇴근하는 나는 하는 것 없이
저녁 밥상을 준비하느라 분주하기만 하다

메뉴는 항상 정해져 있다
묵은지 찌개
묵은지 참치 볶음
묵은지 돼지고기 볶음

밥솥에게
하얀 쌀밥으로 부탁하고

오늘의 메뉴 묵은지 돼지고기 볶음이다
묵은지 하나 꺼내 손으로 쭉쭉 찢어 볶다가
갑자기 요리사가 얼큰한 국물이 먹고 싶음인지
청양고추 하나 숭숭 썰어서 찌개로 변신 중이다

그리고 현관문 소리
일터에서 돌아온 아내
하루 종일 보지 못한 탓일까
얼굴을 만지며 반가움으로 대신한다

하얀 쌀밥과 묵은지 찌개
우리 부부의 특별한 밥상
막걸리 한 사발에 행복을 스케치한다.

사랑은3

사랑은
달콤한
초콜릿
치과에 가서야
아픔을 알았다.

제2부 우리 사랑 먹을까요

QR 코드 스마트폰으로 QR 코드를 스캔하면
시낭송을 감상할 수 있습니다.

제목 : 찔레꽃
시낭송 : 박영애

길

잠시 숲 속으로
발길을 옮긴다

나 혼자만의
시간 속 여행이다

작은 옹달샘
누군가 이 아침
입술을 적시고 갔을 것이다

아침 고요를 깨우는 초록 친구들
상큼한 향기바람이 가슴을 흔든다

이제
또다시
발길을 옮겨야 한다

날마다 걷는 그 길 속으로…….

전율

하늘은 잿빛
연한 블랙커피 잔 속에
각설탕 하나 넣어본다
당신의 입술처럼 달콤하다
내 작은 가슴에
짜릿하게 하얀 전율이 흐른다
내가 살아 있다는 것을 느끼는 순간이다.

초록빛 세상

땅의 향기다

애기 잎새들의 속삭임
여인의 봉긋한 가슴
첫사랑처럼 설레임이다

꿈이였나봐

세상은 온통
초록빛 향기로 가득하다

내 마음
진솔한
땅의 향기이고 싶다

내 마음
싱그러운
초록빛 향기이고 싶다.

돌고 도는 세상

오늘도
세상 속으로의
여행은 시작되었다

그들과 어우러져
서로 몸을 부대끼며
거친 숨결을 느끼며
땀에 젖은 체취를 느끼며
돌고 도는 세상에 하나가 된다

때로는
가슴을 흔드는
바람에 취하여
휘청거리기도 한다

나를
중심으로
세상은 돌아가는 법
한마디 툭 던져버린다

그리고
한 줌 바람이 되어
행선지도 알리지 않은 채
어디론가 또 다른 둥지를 찾아 떠난다.

오늘처럼만

떨어지는
꽃잎의 슬픔
금방이라도 울음을
토해낼 것만 같은 하늘

그 속을
들여다 볼 수 없는
슬픔을 생각하지 말자

그래
내일 일은
걱정하지 말자

오늘 이 시간
오늘을 사랑하자

그리고
내일도
다음날도
그 다음날도
오늘처럼만 사랑하자.

첫사랑 그 설렘으로

내
가슴은
긴 머리
문학소녀를
만난 것처럼

붉은 포도주를
가슴에 뿌린 것처럼
얼굴은 후끈 달아오르고

당신의
가슴을 훔친 탓일까
심장은 금방이라도 터질 것만 같다

바람이
내 가슴을
흔들어 대던 날

이름 모를
작은 들꽃들이
날 유혹하던 날

첫사랑의
그 느낌, 그 설렘으로
수채화 물감을 풀어놓는다.

너였음 좋겠어

너였음
좋겠어

내
뜨락에
수줍게
들어온
아침 햇살이

너였음
좋겠어

내
가슴에
연초록
수채화 물감을
뿌려준 당신이…….

향기바람

1.
연초록 향기바람
첫사랑 설렘처럼

그렇게 이내 가슴
흔들고 있나 보다

살포시 가슴속으로
미소처럼 안겼네.

2.
향기의 손짓으로
파아란 하늘가에

수채화 물감 부어
내 마음 채색하고

그대의 행복비타민
입 안 가득 넘쳐라.

오월의 신부

오월의
붉은 장미보다
더 아름다운 그녀는

오월의 여왕이 되어
오월의 신부가 되어
아름다운 꿈을 마시며
내 가슴속으로 날아왔다

한 줌의
흙이 되는
그 날까지

아낌없이
사랑하겠노라
행복을 안겨 주리라
굳은 약속을 하였건만

난
삶이란
울타리 안에서
거친 숨을 몰아쉬며
앞만 보고 쉼 없이 달려왔다

잠시 쉬어가련다
그녀를 바라본다

가슴에 멍
주름진 얼굴
거칠어진 손마디

내
작은 가슴에
봄비는 소리 없이 내린다.

백련(白蓮)

어둠이
채 가시기 전에
그녀는 하얀 버선발로 달려온다

그리고
가슴을 풀어헤친다
뽀얀 젖가슴 아침 햇살에
수줍은 듯 배시시 웃고 있다

백련의
고고한 향기
백옥처럼 하얀 마음으로
연초록 그대 품속에 살포시 내려앉는다.

별꽃

초록빛 세상
지난밤 몰래 내려온
하얀 천사들의 페스티벌

수줍은 소녀의
상큼함을 닮았음일까
앙증맞은 별꽃들의 속삭임

그리운 이의
얼굴 같은 아침
해맑은 미소 머금고
향기바람 되어 춤춘다

동해의
바닷바람
밀물과 썰물의 만남
신바람 난 파도가 춤춘다

하얀
천사들의 페스티벌
바닷가 작은 소녀는
왈츠 속으로 빠져든다.

찔레꽃

어머니
품속을 닮은
하얀 찔레꽃

종일토록
비탈진 화전에서
호미질 하던 울 엄마

집으로
돌아 오늘 길
엄마의 품속에
한 아름 담겨있는
수줍은 하얀 찔레꽃
오늘따라 더욱 슬프다

자식 먼저 보내고
지아비 먼저 보내고
서러움 토해내던 언덕에
수줍게 피어난 하얀 찔레꽃

어느 해 봄날에
울 엄마 품에 피어난
가슴 시린 하얀 꽃무더기
그때 그 찔레꽃이었으면…….

제목 : 찔레꽃
시낭송 : 박영애
스마트폰으로 QR 코드를 스캔하면
시낭송을 감상할 수 있습니다.

개별꽃(들별꽃)

봄은 우리들
가슴을 흔들어대지만
산자락에는 바람이 차다

바위틈 낙엽 속에서
수줍게 고개를 내밀고

떨림의 숨결로
맑음의 눈망울로
지나는 이 발길을 유혹한다

순백의 아름다움
가녀린 모습으로
차가운 바람을 포옹한다

향기바람 불고
연초록 잎 돋아나면
상큼한 수채화 물감으로
그대 가슴 흠뻑 적셔 주리다.

백일홍

누구를
기다림일까

가슴을
흠뻑 적시는
비의 유혹에도
넌 흔들리지 않았지

밤새
울어대던
바람의 유혹에도
넌 흔들리지 않았지

사랑의 숨결
붉은 입술의 유혹에도
넌 흔들리지 않았지

오늘 밤
향기바람과
작은 언덕에 걸터앉아
뜨거운 그리움을 토해 내겠지.

각시붓꽃

잠에서
막 깨어난 숲 속으로
아침 햇살이 걸어온다

수줍은 각시는
보랏빛 가슴을 풀어헤치고
파아란 하늘을 향해 손짓한다

초록빛 관창을 들고
죽은 영혼을 달램일까
보랏빛 가슴은 바람에 흐느낀다

오월의 감미로운 음률
초록바람의 프러포즈에
각시붓꽃은 배시시 얼굴을 붉힌다.

정선 아라리

정선의 봄은
날 울렁거리게 하였다

구슬픈 노랫가락
정선 아라리에 취하고

임을 그리워하며
한잔 술에 취하고

철쭉의 연분홍빛
유혹에 취하고

어머니의 품속 같은
향기바람에 취하고

어차피
인생은 취하며 사는 거라지

아리랑
아리랑
아라리요.

수채화 같은 여인

그녀는
상큼한
초록빛 향기바람

지난밤
무섭게 내리던
빗소리에 놀랐음일까

앙증맞은
아이처럼
맑은 눈망울로
해맑은 미소 머금고
내 가슴속으로 파고든다

그녀는
수채화 같은 여인

비의 마력인가
진한 물감 냄새가
내 가슴을 흠뻑 적신다

빗소리 때문일까
진한 커피 내음에 취해
내 마음 다 주고 싶음이다.

수채화 같은 여인2

양동이에
물감을 듬뿍 풀어
그녀의 긴 머리를
흠뻑 적시고 싶음입니다

창으로 흐르는
빗물을 물감 삼아
그녀의 예쁜 가슴에
나만의 수채화를 그리고 싶음입니다

빗속을 걷고 싶음입니다
우산 속에 하나이고 싶음입니다
아니 우산을 던져버리고
그녀와 함께 거닐고 싶음입니다
뜨거운 가슴을 흠뻑 적시고 싶음입니다

빗소리에 취하고
진한 블랙커피 내음에 취하고
긴 머리에서 물씬 풍기는 물감 냄새에 취하고
오늘은 그렇게 종일토록 취하고 싶음입니다.

수선화를 닮은 여인

밤이슬
머금은
수선화를
닮고 싶음일까

상큼한 그녀는
노란 날갯짓으로
한 마리 나비가 되어
내 가슴에 살포시 내려앉는다

가슴 속으로 파고드는
한 줌 바람에 얼굴 붉히는
수줍은 소녀의 엷은 미소
까만 눈망울 속으로 빠져든다

순백의
치맛자락에
수채화 물감으로 채색한다

나 초록빛
향기바람 되어
수선화 한 아름 꺾어
아름다운 그대의 가슴을 훔치리라.

우리 사랑 먹을까요

여보야!
밥상 다 차렸나요

그럼
우리 사랑 먹을까요

우리는 그렇게
하루를 열어갑니다

매일 보고
매일 만나고
매일 웃으며
매일 포옹하며
때로는 사랑싸움도 하며

오늘도
물감 냄새 물씬 풍기는
아름다운 수채화를 그리며

고귀한 만남
인연이라는 이름으로
우리는 애마에 몸을 싣고

라일락 향기
진하게 묻어나는
오월의 향기 품속으로 달려갑니다.

그대 오셨군요

그대
오셨군요

너무나 기쁘고
너무나 감사해서
뜨거운 포옹으로
당신을 맞이합니다

밤이 지새도록
그대의 속삭임에
내 가슴 흠뻑 젖었답니다

사랑한다
보고 싶다
간절한 그리움
어찌 아셨는지요

메마른 가슴
당신으로 인하여
연초록 향기바람
내 가슴속에서 춤을 추고 있답니다.

작은 들꽃의 노래

자유로운
영혼이고 싶음이다

새색시처럼
수줍은 바람에도
작은 들꽃은 흔들리고 있음이다

어느 시골집 마당가
시커먼 통나무 의자
들꽃을 닮은 연인들
초록향기에 흠뻑 젖어들고 있음이다

날마다
파아란 하늘 올려다보며
서투른 몸짓으로 하나 되어
수채화 물감을 가득 풀어놓은
양동이 속에 빠져 사랑을 노래하고 있음이다.

파란 꽃잎

어느 날
긴 머리 소녀가
내 가슴을 노크했어요

그리고
살포시 다가와
수줍은 미소로
눈인사를 했지요

바로
향기바람이 좋아하는
상큼한 파란 꽃잎이었어요

내 손 안에는
작은 들꽃을 닮은 그녀의
해맑은 웃음이 담겨 있었어요

차창을
두드리는 빗소리
그녀가 부르는 감미로운 사랑의 노래였지요.

그녀가 보낸 문자

유월의 햇살은
내 젊은 날의 가슴보다
더 뜨거워 숨이 막힐 지경이다

핸드폰의 울림
내 사랑 그녀의 향기다

여보!
넘 더워서 힘들지
우리 힘내요
그리고 사랑해요

그녀의
예쁜 마음 들켰나 보다
파아란 하늘에 먹구름 몰려와
시원한 소나기 한줄기
내 뜨거운 가슴을 적신다

반지하 사무실
창으로 흐르는 빗방울
살짝 훔쳐 편지를 쓴다

여보!
나도 사랑해요
그리고 고마워요.

어느 여름날의 탈출

대관령의 도로는 자동차 전시장
인간들의 어지러운 아우성에
뜨거운 태양은 더 무섭게 이글거리는데
동해의 검푸른 바다는 성내지 아니하고
인간들을 포용하여 주더이다

바닷가 좌판에는
오징어, 새우들이
아낙네들의 능숙한 손놀림에
뜨거운 불길 속에서 생을 마감하더이다

인간들의 포로수용소인가?
조그만 수족관에서
조그만 플라스틱 용기에서
포로들은 자신들의 운명을 기다리고 있더이다

인간들의 어지러운 아우성이
바람 속으로 사라지더이다
인간들의 뜨거운 땀 냄새가
바람 속으로 사라지더이다

촉촉하게 젖어있는
좌판에서 삶의 향기가 묻어나더이다
부둣가 저편에서
만선의 기쁨을 알리는
어부들의 행복 소리가 들려오더이다.

뜨거운 숨결이다

거친 숨결
내 심장 박동을 춤추게 한다

굵은 땀방울
긴 목선을 타고
가슴을 뜨겁게 적신다

어둠을 뚫고
그녀가 달려온다

힘들다고
그래도 쉬지 않고 달렸노라고
나 칭찬해줘 말하고 있다

참! 잘했어요

도장 하나
그녀의 입술에
찐하게 찍어주고 싶다.

달콤한 그리움

그녀의
입술처럼 달콤함
아이스크림은 내 입술을 훔친다

수채화처럼
아름다운 그녀
내 뜨거운 가슴을 눈치 챘음일까
소나기 한 아름 내 가슴에 풀어놓는다

그리고
어느 날인가
출근길에 만났다는
작은 들꽃 한 송이
눈웃음이 매력적인 그녀를 닮았다

오늘은
무슨 향기로 다가올까

아침부터
그녀를 기다리며
핸드폰의 짜릿한
전율을 느끼고 싶음이다.

그네

상큼한
향기바람이
되고 싶음인가

한 마리
나비가 되고 싶음인가

자연의
숨결을 먹고사는
작은 들꽃이 되고 싶음인가

수줍은
여인의
치맛자락

땅을
유혹한다

바람을
유혹한다

하늘을
유혹한다.

제3부 붉은 입술의 유혹

QR 코드 스마트폰으로 QR 코드를 스캔하면
시낭송을 감상할 수 있습니다.

제목 : 그리움은 붉은 노을 되어
시낭송 : 박영애

시월이 전해주는 말

가을 내음이
진하게 묻어나는
시월의 아침이다

어제는
종일토록
그리움의 비가
가슴을 적시더니

오늘은
예쁜 햇살이
살포시 다가와
젖은 가슴을 말려주고 있다.

봉선화를 닮고 싶은 아이들

시골학교 작은 화단에
저마다의 예쁜 마음 자랑하며
옹기종기 모여 앉아 무엇이 그리도 좋은지
벌, 나비 불러다 날마다 웃음꽃 피우는 봉선화

가끔은 바람결에
저마다의 향기 어디론가 떠나보내고
수줍은 듯 손대면 톡하고 가슴을 드러내는
그들의 앙증맞은 모습에 발길 머무는 아이들

봉선화 꽃잎 따서
연지곤지 찍으며 깔깔거리는 소리
향기바람 타고 운동장을 힘차게 달린다.

하얀 포말의 숨결

숨통을 조이는
뜨거운 바닷바람

목선을 타고
흐르는 굵은 땀방울

내 허락도 없이
가슴속으로 파고든다

빙점
하얀 포말
뜨거운 가슴을 훔친다

싸하게
젖어오는
그리움의 노래

사랑의 숨결
짜릿한 전율
파도의 울부짖음

이 밤
온몸으로
그대를 느끼고 싶음이다.

그대 유혹의 손길에

수채화 같은
상큼한 그녀의
마음을 닮았음일까

누가
파란 물감을
흠뻑 뿌려 놓았음일까

그대
가슴 속에
푹 빠지고 싶음이네

그대
유혹의 손길에
취하고 싶음이네

그대
달콤한 입술
붉게 물들이고 싶음이네.

바람이 내게 묻는다

안개 숲 사이로
아침 햇살은
행복을 발산한다

바람결에
가을 얘기 전해온다
내 인생에
춤의 소리 전해온다

바람이
내게 묻는다

지금
그대는
누구인가?

지천명(知天命)

난
파아란 하늘에
뭉게구름이라네

난
지나가는
이름 없는 바람이라네.

파문

모두가 잠들은 시각
자연의 숨결만이 날 사로잡는다
FM 라디오에서
감미로운 음악이 흘러나온다
이름 모를 소녀
그 옛날
내 가슴을 울렁거리게 하던
문학소녀의 모습을 그려본다
하늘에 닿을 듯
키 큰 플라타너스에 기대어
파아란 하늘에다 예쁜 수채화를 그렸지
여울살의 소리
구르는 돌과 사랑의 속삭임이란다
바람 소리 들려온다
세상의 무거운 짐 다 짊어진
거대한 산은
어둠 속에서 침묵으로 일관한다
가을비 소리 없이 그리움 되어
내 가슴에 작은 파문을 일으킨다.

막걸리

벌컥벌컥
추억을 마신다네
고향을 마신다네

그 옛날
코흘리개 어린 시절
가난이라는 굴레 속에
술 찌끼미로 허기진 배를 채우고
세상모르고 꿈길여행을 떠났다네

세상이
변할지언정
모두가 속세를 떠날지언정

난
탁배기 한 사발에
취하고 싶음이네
사람 냄새를 느끼고 싶음이네

막걸리 같은 삶
넥타이를 매지 않아도
격식을 차리지 않아도

언제나
마실 수 있는
탁배기 한 사발에 취해
나만의 행복을 그리고 싶음이네.

중년의 가슴

텅
비었다

갈증
메마른 가슴이다

단비라도
내렸으면 좋으련만

자꾸만
타들어가는 가슴
보여줄 수가 없다

굵은 땀방울
목선을 타고
내 가슴 속
깊은 곳으로 파고든다

샤워기 아래
세상에서 제일
행복한 시간이다

하얀 포말
가슴 속 깊은 곳까지
싸하게 젖어온다.

세상 속으로의 여행

나
혼자만의 시간
세상 속으로의 여행

어디로
가느냐고
묻지 말아 주오

너무
다그치지도
말아주오

그래도
궁금하시면
바람에게 살짝
물어 보시구려.

어느 시인의 꿈

풍경이 있는
작은 오두막
통나무로 만든 흔들의자

창으로 들어오는
햇살을 친구 삼아
시인은 책 냄새에 취해
달콤한 꿈을 꾸고 있는지
흔들의자는 춤을 추고 있음이다

짐승들의
울부짖음에 놀란
시인은 정신을 차리고
뜨거운 블랙커피를 마시며
머~언 허공만 바라보고 있음이다

어디선가
들려오는 소리일까
잠에서 깨어난 시인은
아름다운 언어들의 속삭임에
행복한 꿈길을 달리고 있음이다.

붉은 칸나의 유혹

하늘을
향한 손짓일까?

바람은
자꾸만
내 작은 가슴을
흔들고 있음이다

붉은
입술의 유혹
어디론가 훌쩍 떠나고 싶음이다.

그대가 부르는 소리

그대가
울타리를 넘어
막 들어서는 순간
내 작은 가슴은 떨림이었지

그대가
사랑을 노래할 때
내 뜨거운 가슴은
초록빛으로 물들었음이지

그대가
내 가슴을 노크할 때
난 꿈을 꾸고 있었음이지

그대가
부르는 소리
한 줌 바람이었지
어둠 속으로 달려온 소나기였지.

사랑해도 될까요

나른한 오후
핸드폰의 울림

문자편지
사랑해도 될까요

내 마음
청춘도 아닌데
두근두근 이다

또다시
핸드폰의 울림

교수님이 강의 중에
좋아하는 사람에게
문자를 보내라 했단다

누군가의 가슴 속에
좋아하는 사람으로
기억될 수 있다는 것
분명 난 행복한 사람

오늘도
파아란 하늘에
그리움의 물감으로 채색한다.

내 안에 나

빗소리에
흠뻑 젖어

가을을
가지러 간다

내 안에
또 다른
나를 찾아서…….

비가 가을을

비가
가을을
흠뻑 적시고 있음이다

나도
그 비에
흠뻑 젖고 싶음이다

더
뜨거운
가슴으로

더
뜨거운
사랑의 숨결로

나만의
색깔로
채색하고 싶음이다.

119 구조 요청

지렁이가
나들이 나왔다가
숲길 계단에서 낙상

뇌진탕일까
아님 장파열일까
꼼짝도 하지 않는다

긴박한 상황
인공호흡을 할 수도 없고
119 구조 요청을 해야 하나
근심 어린 눈빛으로 지켜보는데

금방 깨어나더니
쑥스러움 때문일까
뒤도 돌아보지 않고 갈지자로 도망간다.

어디 계시나요

피멍이
들었다

낙엽이
떨어진 자리

잡을 수 없는
그리움은 가을바람에
눈물을 뚝뚝 흘리고 있다.

붉은 입술의 유혹

누구의
입술을 닮았음일까

그대
유혹의 손길에
흠뻑 취하고 싶음이네

내 젊은 날의
뜨거운 가슴이
꿈틀거리고 있다

가을 여인이
옷 벗는 소리에…….

아! 가을인가

어느 날
병원에 갔더니
젊은 의사가 반갑게 맞아준다

진료를 받고 나오는데
의사가 문 앞까지 따라 나와
어르신 조심히 들어가라며 배웅을 한다

아!
벌써 가을인가

난 오늘도 핫팬츠를 입고
가을의 전설을 쓰기 위해
42.195km 달리고 있는데…….

공짜는 없다네

침
뜸
부항

몸에 좋다 하니
이 뜨거운 날에
봉침을 맞으러 간다네

바보들
난 그 봉침을
오늘 공짜로 맞았네
그것도 한방도 아닌
수십 방을 눈 깜짝할 사이 맞았다네

욕심이 과했음일까
그 덕택에 난 천국행
티켓을 사야 하는 줄 알았다네.

아프지 마라

내 가슴 속에 채색된
추억을 먹고사는 그리움들
밤거리로 나와 가을비에 흠뻑 젖는다

어디론가
무작정 떠나고 싶은 밤
밤이 지새도록 빗속을 달린다

아프다
고열이다
몸살이다
가슴이 불덩이다

밝음이여
빨리 깨어나라
뜨거운 가을 햇살을 만나러 가야 한다

밤새 젖었던 친구들아 아프지 마라
뜨거운 가을 햇살에 태양초 말리듯이
말리고 나면 그 아픔 싹 사라질 것이다.

아침 강가에서

가을이
익어간다

당신을 향한
그리움처럼

저 멀리
안개 숲 사이로
그녀가 걸어온다

상큼한
향기바람 싣고서…….

행복 스케치

작은 꽃밭에서
밤새 빗물 머금고 해맑은 웃음으로
아침 인사를 하는 친구를 만났어요

친구의 모습을
예쁘게 포장하여
사랑하는 아내에게 보냈어요

예쁘네요
나보다 더 예쁘네요

당신은
꽃보다
더 아름다워요

아름답게
봐줘서 고마워요

내게
가장 소중한
당신이니까…….

익모초(益母草)

아무도 살지 않는
고향집 마당가
키만 멀쑥하게 큰 익모초

누구를 기다림인지
뙤약볕에서 종일토록
파아란 하늘만 쳐다본다

깃털을 닮은
초록빛 잎새

너무나 앙증맞은
보랏빛 꽃잎

별빛처럼
내 마음속에
아름다운 추억을 그려낸다.

구절초

그리움으로
가득한 밤에
풀벌레 친구들의
사랑 얘기 들으며

밤이슬 머금고
별들의 노랫소리에
너울너울 춤을 추는
당신이 그립습니다

백옥같이
하이얀
그대 가슴에
그리움의
연분홍빛 편지를 씁니다

불어오는 향기에
여윈 몸 하늘거리며
수줍은 새색시처럼
미소 짓는 당신은
가을의 여인입니다.

노란 꽃망울의 향기

가을이 맛있게 익어 가는 날에
노란 꽃망울의 국화
한 아름 가슴에 안고 달려와
내게 사랑과 행복을 전하여준
그대의 향기가 그리움으로 전해오네요

지난밤
사랑 향기 머금고
행복 향기 머금고
새색시처럼 수줍게 피어난 꽃망울들
노란 눈 깜박거리며
싱그런 아침을 열어주네요

침상에서 내려다보는
나를 반기려는 듯
두 팔 벌려 포옹하며
아침 햇살처럼 해맑은 미소로
작은 눈 깜박거리며 윙크하네요

오렌지빛 햇살 머금은 꽃망울들
새색시처럼 노란 가슴을 살포시 열고
꿈의 향기로
사랑의 향기로
오늘도 행복의 노래 부르네요.

흔적

어느 날
가을은 내게
아픔을 가져다주었습니다

그렇게
아름다운 추억도

행복한 추억도
내 가슴에 없는데

아버지는
내게 진한 그리움만 남겨두고
지난 늦은 가을날 떠났습니다

어쩌다 함께
산행을 하면
젊은 사람이
뭐 그리 힘들어 하냐며

산마루를 훌쩍 넘어
앞서가시던 그 아버지
이제는 마음으로 따라갑니다.

무엇을 잡으려 하는가?

삶
한 줌
바람인 것을

그대
무엇을
잡으려 하는가?

모두가
자연의 섭리인 것을
왜 그리도 붙잡으려 하는가?

아스팔트 위에 뒹구는
낙엽을 보라
어디론가 말없이
떠날 채비를 하고 있지 않은가

떠나자
그
리
고
내 빈 가슴에
한 줌 바람을 담자.

가을 그리고 비

가을은
한 줌 비가 되어
내 허락도 없이
가슴 속으로 들어왔다

젖은 가슴
살포시 꺼내어
낙엽줄에 널었다

촉촉하게
젖은 가슴
채 마르기도 전에

바람은
말없이
내 가슴을
훔쳐가 버렸다.

그리움은 붉은 노을 되어

베란다 창 너머로
그리움은 붉은 노을 되어
석양에 걸터앉아 편지를 쓴다

긴 머리
바람결에 일렁이며
달려올 것만 같은 당신을
기다리며 동구 밖으로 마중을 나간다

좁은 골목길을
지나는 바람은 허락도 없이
내 가슴을 흔들고
어둠 속으로 하나, 둘
수많은 그리움들이 손짓을 한다

공원 구석에
자리한 빈 그네는
바람에 삐거덕 거리며
작은 그리움을 토해낸다

발길을 옮긴다
그리고 빈 그네에 걸터앉아
그리움의 향기 당신을 불러본다.

제목 : 그리움은 붉은 노을 되어
시낭송 : 박영애
스마트폰으로 QR 코드를 스캔하면
시낭송을 감상할 수 있습니다.

물감은 마르지 않았다

어느 날인가
가을 그대는
날 춤추게 하더니

또
어느 날인가
가을 그대는
내 가슴을 훔치려 한다

누가
내 가슴 속에
수채화 물감을 뿌려놓았는지
아직도 이놈의 가슴은 꿈틀거리고 있다.

제4부 추억은 그리움 같은 것

QR 코드 스마트폰으로 QR 코드를 스캔하면
시낭송을 감상할 수 있습니다.

제목 : 추억은 그리움 같은 것
시낭송 : 최명자

오늘은

새벽
빗소리에
잠이 깨었지요

진한
그리움의 꽃은
가슴을 흔들었지요

출근길
어디론가
떠나고픈 마음

간신히
달래어
사무실로
달려왔지요

그러네요
오늘은…….

그녀의 목소리

여보야!
퇴근하자
오늘 하루도 수고 많았지

핸드폰의 울림
그녀가 달려온다
나 보고 싶었냐고

아니라고 하면
토라질 것 같아
하늘만큼 땅만큼 보고 싶다 했지

그녀의
달콤하고
감미로운 목소리
내 가슴속으로 파고든다

양동이에
가득 풀어 놓은 행복비타민
바람결에 왈츠를 추고 있다.

시월의 마지막 날에

여린
바람에도

신음 소리
토해 내는
마지막 잎새

주름진 눈가에
이슬이 촉촉하다.

당신이 그립습니다

어느 날
내 가슴속으로
살포시 다가온 당신은
시월의 따사로운 햇살 머금고
붉게 익어 가는 감처럼
새색시의 홍조 띤 모습입니다

해맑은 미소로
잎새에 그리움 가득 담아
빨간 우체통으로 달려가는
당신의 아름답고 고운 모습이
오늘따라 더욱 그립습니다

아침 햇살에
영롱한 빛을 발하는
풀잎 이슬처럼
밤하늘에 반짝이는
별들의 속삭임처럼
까만 눈망울로
사랑을 노래하는
당신이 그립습니다

언제나 내 마음속에
사랑의 향기를 전하는 당신은
나의 영원한 행복비타민입니다.

인생은 하나의 점(點)

난
하나의
점을 찍는다

인생은
하나의 점이거늘
크기의 차이거늘

왜
그리도
삶을 저울질하는가?

오늘도
난
하나의
점을 찍는다.

주문진의 밤

칠흑같이
어두운 밤
차가운 해풍은
내 깊은 폐 속으로 스며든다
옷깃을 여미게 한다

겨울 바다는
내 마음을 알고 있나 보다
하얀 포말을 일으키며
처얼~썩 처얼~썩
그리움의 울음을 토해낸다

해변의
네온불빛은 누구를 위해
겨울 바다의 밤을 지키고 있는가?
어디선가 영혼들의 흐느낌이 들려온다

광란의 밤은 깊어만 간다
주문진의 겨울 바다는
술 취한 영혼들을 잠재우려
쏴~~~
처얼~썩 처얼~썩
그들을 삼키려 한다.

난 참으로 행복하다

벗으란다

나를 감추려고
내 몸을 둘둘 감은 조각들을
훌훌 벗어버리자

가식적인 마음을
세속에 찌든 때를
바람결에 날려 보내자

그리고 달리자

자연의 숨결을 느끼며
서로의 뜨거운 숨결을 느끼며
알몸으로 달리는
난 참으로 행복하다.

경제 불황

나
혼자만의 시간

모기
한 마리
비행을 한다

잠시
한눈판 사이
급강하를 한다

내
엉덩이는
습격을 당했다.

12월의 쉼표

12월은 우리에게
쉼표를 가져다주었다

가슴속 서랍에
예쁘게 포장해 두었던 추억들
하나, 둘 꺼내어 먹는 그 달콤함
그렇게 잠시나마 쉬어가라고 있는 것이다.

12월은 첫사랑 같은 것

누가 12월을
마지막이라 했는가

왜 후회하고
자신을 질책하는가

12월은
차 한 잔의 여유
온몸으로 퍼지는 짜릿한 전율이다

12월은
하얀 풍경 위에 마음 내려놓고
사랑을 고백하기 위한 떨림이다

12월은
첫사랑 같은 것
설렘으로 다가오는 것

그녀가 처음으로
내게 달콤한 목소리를 들려주던
어느 봄날 향기바람의 음악처럼…….

겨울 이야기

봄이 오는가 싶더니
또다시 겨울은 앙탈을 부렸지
뜨락으로 살포시 내려앉은 아침 햇살
내 작은 가슴 속으로 수줍게 파고들었지
차가운 바람은 그녀의 옷깃을 여미게 하였지

산다는 것
뭐 특별한 거 아니지
새로운 아침을 맞음에
그냥 오늘 내게 주어진 시간에
작은 행복을 느끼며 감사함이지

누군가 남자 아이의 목이 부러져 버린 목각을
수술하고 사랑을 불어넣어 화단에 두었는데
어느 날 아름다운 겨울 이야기로 태어났었지

겨울 이야기
그냥 불러보고 싶은 이름이지
늦은 밤 우리는 수많은 이야기를 했었지
그리고 보고파하고 그리워하고 사랑했었지
때로는 겨울 아이처럼 따뜻한 품을 그리워하며…….

부칠 수 없는 편지

목련나무의
울부짖음에
파란 하늘을 올려다본다

가슴속에
담아두었던
그리움 하나 꺼내어
햇살에 말리고 싶음이다

잔디밭에
수줍게 내려앉은
낙엽 하나 주워 편지를 쓴다

보고 싶다는
그 말 한마디
더 이상 쓸 말이 없다

당신이 잠든
그곳에 닿을 수 있을까

아파트 모퉁이
갈바람에 흔들리는
빨간 우체통으로 달려간다.

본래의 모습으로

가식을
벗어놓았다

그리고
알몸이 되었다

나
이제
본래의
모습으로
돌아가리라.

춘천으로 가는 길

주말이면
어김없이 아내와 함께
애마에 몸을 싣고 춘천으로 달려간다

춘천으로 가는 길
차창으로 스치는 풍경들이
한 폭의 수채화를 그리고 있다

휴게소에서
따끈한 우동 한 그릇
아메리카노 커피 한 잔에
우리 부부는 행복에 젖는다

그렇게 두어 시간을 달려
딸아이가 첫 공직생활을 시작한 곳
아름다운 호반의 도시 춘천에 도착
이산가족을 만난 듯 뜨거운 포옹을 나눈다

그리고
수많은 인파 속
우리는 하나 되어
명동의 숨결을 느끼며
마음까지 훔쳐가는 닭갈비 냄새에 취하고 있다.

겨울 바다

바다의
울음소리를
들어 보았는가

파도 소리
그리움 가득 안고
밀려오는 하얀 포말들의 알갱이들

더 깊은 울림으로
더 넓은 가슴으로
날 오라 손짓하는 그 바닷가

아직도
그 바닷가에
그녀의 체취가
바람에 일렁이고 있다

그리움은
겨울 바다 백사장에
하얀 그리움으로 남아
또 다른 수채화를 그린다.

추억은 그리움 같은 것

추억은
세월의 깊이만큼이나
그 시절이 그리워지는 것일까

기찻길 옆
오막살이 판잣집

시커먼
연기를 내 뿜으며
굉음을 질러대던 철마

판잣집은
삶에 지친 엄마처럼
금방이라도 쓰러질 듯 휘청거린다

철길을
놀이터 삼아 뛰어다니고
엄마를 찾아 늦은 저녁까지
철길을 서성거리던 아이

저 멀리
어둠 속으로
엄마가 힘없이 걸어온다

아이는 달려가
엄마 품에 와락 안겨
꺼이꺼이 울음을 토해낸다

늦은 시간까지
시장 난전에서
생선 장사를 하시던 울 엄마

세월의 깊이만큼이나
가난했지만 그때 그 시절이
오늘따라 많이 그립고 보고픔이다.

제목 : 추억은 그리움 같은 것
시낭송 : 최명자
스마트폰으로 QR 코드를 스캔하면
시낭송을 감상할 수 있습니다.

남자의 폐경기

쉰

그
리
고

아홉

난
빈
껍데기였다

내
가슴속은
온통 상처투성이다

모든 것을
내려놓고 싶다

그러나
난 나를 버릴 수가 없다

한 줌
차가운 바람이
내 가슴 속으로 파고든다.

바람

넌 어디서 왔다가
어디로 가는 거니

넌 무엇을 가지고 왔다가
무엇을 가지고 가는 거니

넌 무엇을 잡으려 하는가
넌 무엇을 더 채우려 하는가

아무리 채우려 해도
채워지지 않는 것이
인간의 마음인 것을

아무리 비우려 해도
비워지지 않는 것이
인간의 마음인 것을

아무리 향기로운 바람도
내 가슴 속에
담을 수 없는 것을

인생은
공수래공수거(空手來空手去)란다.

바람2

내 마음을
흔드는 것도
바람이오

내 마음을
다스리는 것도
바람이니

난
널 거역할 수가 없음이지

네가
말하는 대로
네가
바라는 대로

너의 향기에 취해
들녘에 피어있는
작은 들꽃이 되고 싶음이지.

퍼즐

삶의
터에서
광란의 춤을 춘다

삶을
억지로
끼워 맞추려
싸우지 마라

마지막
하나가
남아 있음을 느낄 때
초침소리는 들리지 않는다.

잊어버린 나

삶의
터에서
쓰고 있는 탈

내
모습을
잊어버린 지 오래다

오늘도
어두컴컴한
방안에서 아무도 모르게
삶의 무게를 벗어놓는다

내
모습을
보고 싶음이다

잊어버린
나를 찾고 싶음이다

그러나 어둠은
날 삼켜버리고
어디론가 떠나버린다.

추억 하나

언제인가
내 가슴속에
그려준 추억 하나

모두가
잠든 밤
살포시 꺼내어 본다

아직
물감이
마르지 않은 탓일까

그녀는
배시시
웃고 있다.

알몸 마라톤

어디가
아픈 것일까
배가 아프고
옆구리가 결리고
전국적으로 쿠데타를 일으켜도

오늘도
헬스장에서
뜨거운 숨결을 느끼며
굵은 땀방울을 흘리고 있음이다

거울 앞에서
복근을 보고
근육질의 몸매를 보며
아직은 살아 있다는 것을
보여주기 위한 최후의 발악일지라도

세월이
내 젊음을
빼앗아 갔다는
그런 원망은 하고 싶지 않음이다

가식이라는
옷의 날개를 벗어버리고
자연의 상큼한 숨결을 느끼며

가슴 속으로 파고드는
겨울바람과 친구가 되어
나 혼자만의 세상 속으로
두 발은 행복을 찾아 힘차게 달려가고 있음이다.

수채화로 물들인 사랑

김이진 시집

초판 1쇄 : 2016년 5월 13일

지 은 이 : 김이진

펴 낸 이 : 김락호

디자인 편집 : 이은희

기 획 : 시사랑음악사랑

인 쇄 : 청룡

연 락 처 : 1899-1341

홈페이지 주소 : www.poemmusic.net

E-Mail : poemarts@hanmail.net

정가 : 10,000원

ISBN : 979-11-86373-35-4